AF454838

1901 - Avril 27

VENTE

du Samedi 27 Avril 1901

HOTEL DROUOT, SALLE N° 7

à deux heures

TABLEAUX

Anciens et Modernes

DESSINS

Pastels, Gouaches, Aquarelles

Gravures

Composant la Collection de M. A. F.

Me Léon TUAL, Commissaire-Priseur.

MM. P. ROBLIN et G. SORTAIS, Experts.

IMPRIMERIE MAULDE ET RENOU

MAULDE, DOUMENC ET Cie

IMPRIMEURS DE LA COMPAGNIE DES COMMISSAIRES-PRISEURS

Rue de Rivoli, 144.

CATALOGUE

DE

TABLEAUX

ANCIENS ET MODERNES

DE DIVERSES ÉCOLES

DESSINS

Œuvres de Boucher, Caresme, Huet, Lebarbier, Cl. Lorrain, Monnet, Pater, Portail, Prud'hon, Taunay, Watteau, Bellangé, Chaplin, Charlet, Fromentin, Janet-Lange, Lami, Raffet, etc., etc.

GRAVURES

Le tout appartenant à M. A. F.

DONT LA VENTE AURA LIEU

HOTEL DROUOT, SALLE N° 7

Le Samedi 27 Avril 1901, à deux heures

COMMISSAIRE-PRISEUR :

M. Léon TUAL, 56, rue de la Victoire

EXPERTS :

Pour les Dessins et Gravures	*Pour les Tableaux*
M. P. ROBLIN	**M. G. SORTAIS**
65, Rue Saint-Lazare, 65	4, Rue Mogador, 4

EXPOSITION PUBLIQUE

Le Vendredi 26 Avril 1901, de 2 heures à 5 heures 1/2

CONDITIONS DE LA VENTE

Elle sera faite expressément au comptant.

Les adjudicataires paieront **dix pour cent** en sus des enchères.

ORDRE DE LA VACATION

Estampes	Nos 111 à 126
Dessins	Nos 54 à 110
Tableaux	Nos 1 à 53

MAULDE, DOUMENC et Cie, imp. de la Cie des Commissaires-Priseurs, rue de Rivoli, 144. 1000—95497

Désignation

TABLEAUX ANCIENS

ALBANE (Attribué à l')

1 — *Enlèvement d'Europe.*

Cadre ancien en bois sculpté.

Toile. Haut., 0 m. 22 cent.; larg., 0 m. 29 cent.

BOL (Ferdinand)

2 — *Portrait de Saskia, femme de Rembrandt.*

Attribué par W. Bürger, auquel il a appartenu, à Ferdinand Bol, élève de Rembrandt.

Toile. Haut., 0 m. 70 cent.: larg., 0 m. 58 cent.

BOUCHER (François).

3 — *Vue des environs de Beauvais.*

Paysage gravé par Saint-Non en 1777. Sur la gravure, on lit : *Dans l'appartement de Monseigneur le Dauphin, à Versailles.*

Collection Lenoir.

Cadre ancien en bois sculpté.

Toile. Haut., 0 m. 60 cent.; larg., 0 m. 80 cent.

BOUCHER (École de Fr.)

4 — *Danaë.*

Toile. Haut., o m. 29 cent.; larg., o m. 35 cent

CAZIN (xviiie siècle)

(deux pendants)

5 — *Paysages avec cours d'eau.*

Signés des initiales J. C.

Bois. Haut., o m. 18 cent.; larg., o m. 34 cent

CERQUOZZI

6 — *Fleurs et Fruits.*

Cadre ancien en bois sculpté.

Bois. Haut., o m. 32 cent.; larg., o m. 27 cent.

CHALLE

7 — *Un Guitariste.*

Cadre ancien en bois sculpté.

Bois. Haut., o m. 18 cent. ; larg., o m. 12 cent.

CHAMPAIGNE (Attribué à Ph. de)

8 — *Portrait d'un Gentilhomme du temps de Louis XIII.*

Toile. Haut., o m. 48 cent.; larg., o m. 38 cent.

CHARDIN (École de J.-B.-S.)

9 — *Fruits.*

Toile. Haut., o m. 45 cent.; larg , o m. 37 cent.

DESPORTES (PHILIPPE)

10 — *Portrait d'un Chasseur.*

Esquisse.

Cadre ancien en bois sculpté.

Bois. Haut., 0 m. 25 cent. : larg., 0 m. 19 cent.

DROUAIS (École de)

11 — *Portrait de Mlle de Lespinasse.*

Toile. Haut., 0 m. 37 cent.; larg., 0 m. 29 cent.

ÉCOLE ANGLAISE

12 — *Portrait de sir Walter Raleigh* (XVIe siècle).

Collection de feu M. le duc de Persigny.

Toile. Haut., 0 m. 36 cent.; larg., 0 m. 29 cent.

ÉCOLE DE BRUGES (XVe siècle)

13 — *Religieuse en prière.*

Bois. Haut., 0 m. 43 cent.; larg., 0 m. 35 cent.

ÉCOLE FRANÇAISE (XVIIIe siècle)

14 — *Loth et ses filles.*

Cadre ancien en bois sculpté.

Bois. Haut., 0 m. 36 cent.; larg., 0 m. 29 cent.

ÉCOLE FRANÇAISE (XVIIIe siècle)

15 — *Portrait de Fillette coiffée d'un large chapeau.*

Toile ovale. Haut., 0 m. 31 cent.; larg., 0 m. 26 cent.

ÉCOLE FRANÇAISE (XVIIIe siècle)

16 — *Nature morte.*

Toile. Haut., 0 m. 58 cent.; larg., 0 m. 72 cent.

ÉCOLE HOLLANDAISE (XVIIIe siècle)

17 — *Chaumière auprès d'un cours d'eau.*

Bois. Haut., 0 m. 25 cent.; larg., 0 m. 33 cent.

ÉCOLE RUSSE (XVIe siècle).

18 — *Portrait de Femme en médaillon.*

Collection de feu M. le duc de Persigny.

Bois. Diam., 0 m. 24 cent.

ÉCOLE VÉNITIENNE (XVIe siècle)

19 — *Portrait de Femme avec large collerette et collier de perles.*

Toile. Haut., 0 m. 84 cent.; larg., 0 m. 67 cent.

FREUDENBERG (Attribué à S.)

20 — *Intérieur villageois.*

Bois. Haut., 0 m. 21 cent.; larg., 0 m. 29 cent.

GREUZE (J.-B)?

21 — *La petite Fille au Chien.*

Belle peinture paraissant avoir été faite dans l'atelier du maître.

A été gravée par Porporati.

Cadre ancien en bois sculpté.

Toile. Haut., 0 m. 65 cent.; larg., 0 m. 53 cent.

HEEM (David de)

22 — *Fruits et Insectes.*

Signé à droite.

Toile. Haut , o m. 37 cent.; larg., o m. 29 cent.

HONTHORST (Attribué à)

23 — *Portrait d'un Gentilhomme.*

Toile. Haut., o m. 53 cent.; larg., o m. 48 cent.

LEBRUN (École de Mme Vigée)

24 — *Enfant au Polichinelle.*

Toile. Haut., o m. 64 cent.; larg., o m. 54 cent.

LEDOUX (Attribué à Mlle)

25 — *Portrait de jeune fille.*

Toile. Haut., o m. 22 cent.; larg., o m. 16 cent.

LEFEBVRE (Claude)

26 — *Portrait du Roi Louis XIV.*

Cadre ancien en bois sculpté.

Toile. Haut , o m. 73 cent.; larg., o m. 58 cent.

LONGHI (Attribué à)

27 — *Portrait d'Homme.*

Toile. Haut., o m. 80 cent.; larg., o m. 64 cent.

MENGS (Raphael)

28 — *Portrait de Rembrandt.*

Cadre ovale ancien en bois sculpté.

Bois. Haut., o m. 24 cent.; larg., o m. 19 cent.

MENGS (Raphael)

29 — *Portrait de Jacques Sirmond.*

Cadre ovale ancien en bois sculpté.

Bois. Haut., 0 m. 24 cent.; larg., 0 m. 19 cent.

MÉTIVIER

(DEUX PENDANTS)

30 — *Paysages.*

Un est signé et daté 1774.

Toiles. Haut., 0 m. 24 cent.; larg., 0 m. 31 cent.

PIERRE (Attribué à J.-B.-M.)

31 — *Mars et Vénus.*

Toile. Haut., 0 m. 35 cent.; larg., 0 m. 43 cent.

POURBUS (École des)

32 — *Portrait de Diane de Poitiers.*

Bois. Haut., 0 m. 32 cent.; larg., 0 m. 22 cent.

RAVENSTEIN (Genre de)

33 — *Portrait de Pierre Jeannin, Premier Président au Parlement de Bourgogne.*

Cadre ancien en bois sculpté.

Cuivre. Haut., 0 m. 13 cent.; larg., 0 m. 10 cent.

ROBERT (Attribué à Hubert)

34 — *Cascades de Tivoli.*

Cadre en bois sculpté.

Toile, Haut., 0 m. 55 cent.; larg., 0 m. 44 cent.

ROBERT (Attribué à Hubert)

35 — *La grotte des Nymphes.*

Toile. Haut., o m. 43 cent.; larg., o m. 52 cent.

RUYSDAEL (Genre de S.)

36 — *Paysage.*

Toile. Haut. o m. 40 cent.; larg. o m. 60 cent.

SCHUTZ (Dit de Francfort)

37 — *Vue des bords du Rhin.*

Toile. Haut., o m. 25 cent.; larg., o m. 34 cent.

TABLEAUX MODERNES

BERBERT

38 — *Paysage.*

Signé : Berbert, élève de Daubigny.

Toile. Haut,. o m. 47 cent.; larg., o m. 55 cent.

BLUM (Maurice)

39 — *L'Interrogatoire.*

Signé à gauche.

Bois. Haut., o m. 55 cent.; larg., o m. 45 cent.

BONINGTON (École de)

40 — *La Rue du Gros Horloge à Rouen.*

Toile. Haut., o m. 65 cent.; larg., o m. 54 cent.

CONSTABLE (École de)

41 — *Paysage.*

Bois. Haut., 0 m. 40 cent.; larg. 0 m. 48 cent.

COSTER (De)

42 — *Conversation.*

Signé à droite.

Bois. Haut., 0 m. 25 cent.; larg. 0 m. 18 cent.

CROME (Old)

43 — *Paysage au bord de l'eau.*

Toile. Haut., 0 m. 50 cent.; larg. 0 m. 60 cent.

ÉCOLE ANGLAISE

44 — *La Plage de Brighton.*

Bois. Haut., 0 m. 25 cent.; larg. 0 m. 35 cent.

ÉCOLE FRANÇAISE (XIXe siècle)

45 — *Portrait de femme espagnole.*

Toile ovale. Haut., 0 m. 52 cent.; larg., 0 m. 44 cent.

ELMERICH

46 — *Jeune Femme peignant un paysage.*

Signé à gauche.

Bois. Haut., 0 m. 30 cent.; larg. 0 m. 43 cent.

FRÈRE (Th.)

47 — *Une rue au Caire.*

Signé à gauche.

Bois. Haut., 0 m. 25 cent.; larg., 0 m. 18 cent.

HUE (Ch.)

48 — *Guéridon et Fauteuil.*

Signé à gauche.

Bois. Haut., 0 m. 24 cent.; larg., 0 m. 33 cent.

LE POITTEVIN (Eugène)

49 — *Portrait de Thomas Couture.*

Signé et daté 1838.

Toile. Haut., 0 m. 55 cent.; larg., 0 m. 46 cent.

LOTTIER (Louis)

50 — *Vue de Caen (abside de l'Église St-Pierre).*

Signé.

Toile. Haut., 0 m. 46 cent.; larg., 0 m. 55 cent.

LOTTIER (Louis)

51 — *Vue prise en Espagne.*

Signé.

Toile. Haut., 0 m. 46 cent.; larg., 0 m. 65 cent.

RÉMOND (Charles)

52 — *Cathédrale de Palerme.*

Signé.

Toile. Haut., 0 m. 26 cent.; larg., 0 m. 36 cent.

THAMS

53 — *Marine.*

Signé à droite.

Bois. Haut., 0 m. 19 cent.; larg., 0 m. 14 cent.

DESSINS ANCIENS

Gouaches — Pastels

BOUCHER (François)

54 — *Femme nue tenant une colombe.*

Belle étude aux crayons de couleur sur papier bleu.

Cadre en bois sculpté.

Haut., 0 m. 27 cent.; larg., 0 m. 39 cent.

CARESME (Ph.)

55 — *Bacchanale.*

Belle aquarelle.

Signée : *Ph. Caresme 1779.*

Haut., 0 m. 26 cent.; larg., 0 m. 32 cent.

CARESME (Ph.)

56 — *Jeux de nymphes et de satyres.*

Importante composition à la sépia.

Signé à l'encre : *Ph. Caresme 1780.*

Haut., 0 m. 33 cent.; larg., 0 m. 54 cent.

ÉCOLE ANGLAISE

57 — *Portrait de Femme.*

Aquarelle ovale.

Haut., 0 m. 14 cent.; larg., 0 m. 11 cent.

ÉCOLE FRANÇAISE (XVIIIe siècle)

58 — *Un Thé en famille.*

Gouache.

Haut., 0 m. 28 cent.; larg., 0 m. 36 cent.

ÉCOLE FRANÇAISE (XVIIIe siècle)

59 — *Portrait de Femme aux vêtements garnis de fourrure.*

Pastel.

Haut., 0 m. 60 cent.; larg., 0 m. 48 cent.

ÉCOLE HOLLANDAISE (XVIIIe siècle)

60 — *Paysage avec cours d'eau.*

Au lavis d'encre de Chine.

Haut., 0 m. 17 cent.; larg., 0 m. 23 cent.

ÉCOLE ITALIENNE (XVIIe siècle)

61 — *La présentation au Temple.*

Plume et lavis.

Haut., 0 m. 195 mill.; larg. 0 m. 135 mill.

EISEN (CHARLES)

62 — *Bacchante et satyre.*

Mine de plomb.

Haut., 0 m. 0.70 mill.; larg., 0 m. 0.95 mill.

HUET (Jean-Baptiste)

63 — *Berger au pied d'un gros arbre.*

Crayon noir et sépia.

Signé : *J.-B. Huet 1786.*

Haut., 0 m. 24 cent.; larg. 0 m. 37 cent.

JEAURAT (Étienne)

64 — *Le montreur de lanterne magique.*

Aux crayons noir et blanc sur papier bleu.

Cadre ancien en bois sculpté.

Haut., 0 m. 19 cent.; larg., 0 m. 15 cent.

LE BARBIER

65 — *Allégorie sur la naissance du Dauphin.*

Beau dessin à la plume, lavé de sépia.

Signé et daté 1782.

Haut., 0 m. 23 cent.; larg., 0 m. 23 cent.

LE BARBIER

66 — *Mort du chevalier Dessille à la porte de Stainville (Nancy).*

Important dessin à la sépia.

Signé: *Le Barbier l'aîné in. 1790.*

Cadre ancien en bois sculpté.

Collection de M. de F...

Haut., 0 m. 44 cent.; larg., 0 m. 61 cent.

LEBRUN (Charles)

67 — *Allégorie sur la religion.*

A la plume, lavé d'encre de Chine et rehaussé de gouache.

Cadre ancien en bois sculpté.

Haut., 0 m. 19 cent.; larg., 0 m. 30 cent.

LORRAIN (Claude Gellée dit le)

68 — *Paysage avec palais somptueux, au milieu de la composition, Tobie et l'Ange.*

Beau dessin à la plume, lavé d'encre de Chine et rehaussé de gouache.

Haut., 0 m. 24 cent.; larg., 0 m. 33 cent.

MONNET (Charles)

69 — *Le Triomphe de la République.*

Important dessin à la plume, lavé d'encre de Chine, avec les portraits de Bonaparte et des principaux généraux de la Révolution.

Cadre ancien en bois sculpté.

Haut., 0 m. 38 cent.; larg., 0 m. 59 cent.

NATTIER (J.-M.)

70 — *Femme assise jouant du violoncelle et études de mains.*

Sanguine.

Haut., 0 m. 36 cent.; larg., 0 m. 26 cent.

OUDRY (J.-B.)

71 — *Chien de chasse.*

Beau dessin aux crayons de couleur sur papier gris.

Haut., o m. 40 cent.; larg., o m. 24 cent.

PATEL (Pierre)

72 — *Paysage.*

Gouache. Signée à gauche: *Patel.*

Cadre ancien en bois sculpté.

Haut., o m. 15 cent.; larg., o m. 27 cent.

PATER (J.-B.)

73 — *Concert dans un parc.*

Importante composition à la pierre noire rehaussée de blanc sur papier gris.

Cadre ancien en bois sculpté.

Haut., o m. 26 cent.; larg., o m. 37 cent.

PIERRE (J.-B.-M.)

74 — *Le Bain de Diane.*

Composition à la pierre noire.

Haut., o m. 44 cent.; larg. o m. 33 cent.

PORTAIL J.-A)

75 — *Jeune Fille lisant une lettre.*

Très beau dessin aux crayons de couleur.

Cadre ancien en bois sculpté.

Collection Perrot.

Haut., o m. 26 cent.; larg., o m. 19 cent.

PORTAIL (J.-A.)

76 — *Étude de deux Hommes assis.*

Crayon noir et sanguine.

Haut., o m. 14 cent.; larg., o m. 19 cent.

PORTAIL (J.-A.)

77 — *Étude de trois figures de Gentilshommes.*

Crayon noir et sanguine.

Haut., o m. 18 cent.; larg., o m. 28 cent.

POUSSIN (Nicolas)

78 — *Paysage avec ruines.*

Gouache.

Cadre ancien en bois sculpté.

Haut., o m. 9 cent.; larg., o m. 16 cent.

PRUD'HON (P.-P.)

79 — *Étude de draperie pour le tableau de l'Assomption de la Vierge.*

Aux crayons noir et blanc sur papier bleu.

Collection de M. de Boisfremont fils.

Haut., o m. 21 cent.; larg., o m. 33 cent.

PRUD'HON (P.-P.)

80 — *Étude de jeune Femme appuyée contre un arbre et tenant un enfant.*

Aux crayons noir et blanc sur papier bleu.

Collection de M. de Boisfremont fils.

Haut., 0 m. 075 mill.; larg., 0 m. 050 mill.

PRUD'HON (P.-P.)

81 — *Étude de jeune Garçon.*

Aux crayons noir et blanc sur papier bleu.

Haut., 0 m. 57 cent.; larg., 0 m. 38 cent.

ROBERT (HUBERT)

82 — *Jardin de la villa Mattei.*

Sanguine. Signé à l'encre : *Roberti fe.*

Cadre ancien en bois sculpté.

Haut., 0 m. 33 cent.; larg., 0 m. 46 cent.

SAINT-LÉON

83 — *Portrait de Femme en costume Louis XV.*

Pastel. Signé : *Saint-Léon, 1760.*

Haut., 0 m. 60 cent.; larg., 0 m. 48 cent.

TAUNAY (NIC.-ANT.)

84 — *Paysage.*

Au lavis de sépia.

Cadre ancien en bois sculpté.

Haut., 0 m. 20 cent.; larg., 0 m. 30 cent.

WATTEAU (ANTOINE)

85 — *Étude d'Homme couché.*

Aux crayons de couleur.
Cadre ancien en bois sculpté.

Haut., o m. 13 cent.; larg., o m. 19 cent.

WOUVERMANS (Attribué à)

(DEUX PENDANTS)

86 — *Halte de cavaliers. — L'Hôtellerie.*

Plume et lavis de sépia.

Haut., o m. 27 cent.; larg. o m. 37 cent.

DESSINS MODERNES

Aquarelles

BELLANGÉ (HYP.)

87 — *Tambour blessé.*

A la pierre noire. Signé.

Haut., o m. 48 cent.; larg., o m. 41 cent.

BOYS (THOMAS)

88 — *Entrée de château.*

Aquarelle. Signée : *T. Boys.*

Haut., o m. 185 mill.; larg., o m. 135 mill.

CAMINO

89 — *Mme Nillson. — La Patti.*

Deux aquarelles faisant pendants. Signées.

Haut., o m. 24 cent.; larg., o m. 17 cent.

CHAPLIN (Ch.)

90 — *Baigneuse.*

Sanguine. Signée.

Haut., o m. 25 cent.; larg., o m. 15 cent.

CHAPLIN (Ch.)

91 — *Bergère.*

Sanguine rehaussée de blanc. Signée.

Haut., o m. 25 cent.; larg., o m. 15 cent.

CHARLET

92 — *Grenadier de la garde impériale s'appuyant sur un pan de mur.*

A la plume, rehaussé de gouache. Signé. A été gravé dans la série; suite des dessins à la plume à l'usage des élèves des Écoles spéciales. (De La Combe, 1034.)

Haut., o m. 30 cent.; larg., o m. 21 cent.

DAUZATS (A.)

93 — *Groupe de trois Saints « Cathédrale de Reims ».*

Au lavis d'encre de Chine. Cachet de la vente de l'artiste.

Haut., o m. 44 cent.; larg., o m. 28 cent.

DONZEL (Ch.)

94 — *Groupe de paysans (Lespinasse, 20 septembre 1873).*

Aquarelle. Signée.

Haut., 0 m. 13 cent.; larg., 0 m. 22 cent.

DONZEL (Charles)

95 — *La Vienne (Limousin).*

A la plume. Signé.

Haut., 0 m. 14 cent.; larg., 0 m. 22 cent.

DUBUISSON

96 — *Gardes-Françaises jouant aux cartes.*

Plume et aquarelle. Signé.

Haut., 0 m. 22 cent.; larg., 0 m. 27 cent.

ÉCOLE ANGLAISE

97 — *Review at Marquisi.*

Mine de plomb et encre de Chine.

Haut., 0 m. 20 cent.; larg., 0 m. 25 cent.

FROMENTIN (Eug.)

98 — *Arabes assis près d'un mur « Laghouat, juillet 1853 ».*

Crayon noir. Cachet de la vente de l'artiste.

Haut., 0 m. 17 cent.; larg., 0 m. 26 cent.

GARNERAY (L.)

99 — *Marine.*

Aquarelle. Signée.

Haut., 0 m. 12 cent.; larg., 0 m. 18 cent.

HERVIER

100 — *Saint-Germain, 1864.*

A la plume. Signé.

Haut., 0 m. 13 cent.; larg., 0 m. 10 cent.

JANET-LANGE

101 — *Costumes militaires.*

Quatre aquarelles. Signées

Haut., 0 m. 30 cent.; larg., 0 m. 23 cent.

LA GARDE (Bl. de)

102 — *Portait de Femme assise.*

Crayon noir, rehaussé de blanc, sur papier gris. Signé à l'encre : *Blanche de La Garde, fecit 1825.*

Haut., 0 m. 34 cent.; larg., 0 m. 26 cent.

LAMI (Eugène)

103 — *Histoire de mon temps « Les deux amis ».*

Plume et aquarelle. Signé : *E. 1836.*

Haut., 0 m. 11 cent.; larg., 0 m. 17 cent.

LÉVIS (J.-B.)

104 — *Cheval blanc à la porte du maréchal-ferrant.*

Aquarelle. Signée : *J.-B Lévis.*

Haut., 0 m. 22 cent.; larg., 0 m. 27 cent.

MAUZAISSE

105 — *L'Embarquement.*

Sépia. Signé.

Haut., o m. 20 cent.; larg., o m. 27 cent.

PENNE (Ol. de)

106 — *Garde-Chasse suivant une piste.*

Aquarelle. Signée : *Ol. de Penne.*

Haut., o m. 16 cent.; larg., o m. 20 cent.

RAFFET (Aug.)

107 — *Officier de cuirassiers* (1812).

A la plume. Signé et dédié : *A mon ami Bry,*

Cabinet de M. Auguste Bry.

Haut., o m. 140 mill.; larg., o m. 085 mill.

RAFFET (Aug.)

108 — *Le Général Bonaparte.*

Superbe aquarelle. Signée.

Haut., o m. 24 cent.; larg., o m. 16 cent.

RAFFET (Aug.)

109 — *L'Empereur Napoléon.*

Superbe aquarelle. Signée.

Haut., o m. 24 cent.; larg., o m. 16 cent.

SCHAUENBERG (Baron de)

110 — *Cour de Caserne.*

Aquarelle. Signée.

Haut., o m. 16 cent.; larg., o m. 21 cent.

GRAVURES

111 — **Bartolozzi.** July, d'après W. Hamilton. Épreuve imprimée en couleur.

112 — **Baudouin** (P.-A.). Le Curieux.

113 — **Boilly** (L.). La comparaison des petits pieds. — On la tire aujourd'hui. — Poussez ferme. Trois pièces.

114 — **Bonnet.** Femme couchée, d'après Boucher aux crayons noir et blanc sur papier bleu.

115 — **Demarteau.** La Danse allemande, d'après Boucher, aux crayons de couleur.

116 — **École Anglaise.** Jeux d'Enfants, gravure au pointillé.

117 — **Lavreince** (Nic.). L'Assemblée au salon. — L'Assemblée au Concert, deux pendants.

118 — **Lavreince** (Nic.). La Comparaison, gravé en couleur par Janinet.

119 — **Le Prince.** Le Berceau Russe.

120 — **Moreau** (d'ap.). Oui ou Non, par N. Thomas.

121 — **Morland** (d'après). La Douce attente. Épreuve en bistre.

122 — **Noble** (J.-S.). Sujet de Chasse. Épreuve d'artiste. Signée.

123 — **Russell** (d'après). Tom and his Pidgeons. — The favorite Rabbit. Deux pendants, imprimés en couleur.

124 — **Saint-Aubin** (Aug. de). Au moins soyez discret. — Comptez sur mes serments. Deux pendants.

125 — **Watson** (J.). Miss Jones, gravé à la manière noire, d'après C. Read.

126 — Gravures, Lithographies et dessins non catalogués.

www.ingramcontent.com/pod-product-compliance
Ingram Content Group UK Ltd.
Pitfield, Milton Keynes, MK11 3LW, UK
UKHW021037260726
13994UKWH00005B/2209

9 782329 369006